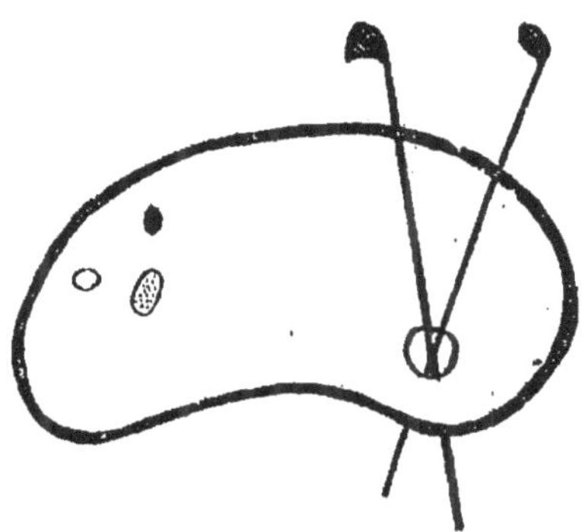

DEBUT D'UNE SERIE DE DOCUMENTS
EN COULEUR

COLLECTION DE M. W***

TABLEAUX

CURIOSITÉS

VENTE LE SAMEDI 9 AVRIL 1859

EXPOSITION LE VENDREDI 8 AVRIL

Mᵉ CHARLES PILLET, Commissaire-Priseur

M. FEBVRE, Expert

RENOU ET MAULDE

IMPRIMEURS DE LA COMPIE DES C^{RS}-PRISEURS

rue de Rivoli, 144

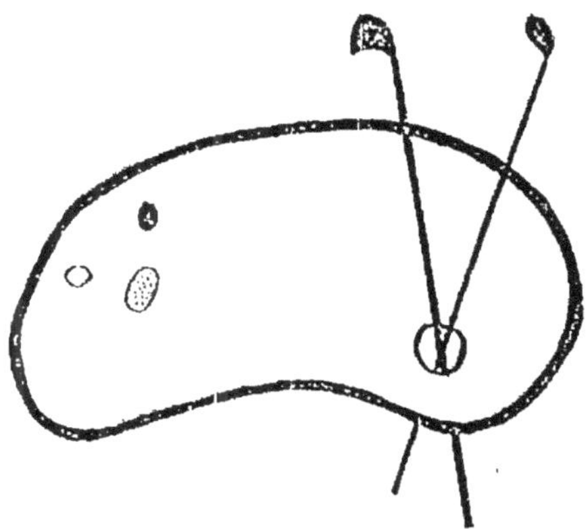

FIN D'UNE SÉRIE DE DOCUMENTS
EN COULEUR

CATALOGUE

D'UNE COLLECTION DE

TABLEAUX

ANCIENS ET MODERNES

OBJETS D'ART ET CURIOSITÉS

Composant le Cabinet de M. W***

DONT LA VENTE AURA LIEU

Pour cause de son départ pour l'Angleterre

HÔTEL DES VENTES MOBILIÈRES

Rue Drouot, nº 5

SALLE Nº 5,

Le Samedi 9 Avril 1859

à 3 heures très-précises

Par le ministère de Mᵉ **CHARLES PILLET**, Cⁱˢ-Priseur,
successeur de M. BONNEFONS DE LAVIALLE,
rue de Choiseul, 11,
Assisté de M. **FEBVRE**, Export, rue Sainte-Anne, 60,
chez lesquels se distribue le présent catalogue.

EXPOSITION PUBLIQUE

Le Vendredi 8 Avril, de midi à 5 heures

PARIS

RENOU ET MAULDE

IMPRIMEURS DE LA COMPAGNIE DES COMMISSAIRES-PRISEURS

Rue de Rivoli, 144

1859

CONDITIONS DE LA VENTE

La vente se fera au comptant.

Les adjudicataires paieront cinq pour cent en sus des en-
chères, applicables aux frais.

DÉSIGNATION

DES TABLEAUX

Écoles Hollandaise et Flamande

BREYDEL, le Chevalier (signé).

1 — Deux charmantes compositions, représentant des kermesses.

DELEN, Van (figures de David TENIERS).

2 — Intérieur d'une église dans laquelle on voit plusieurs personnages. Un jeune seigneur est accosté par un mendiant, qui lui demande l'aumône.

DENNER (Balthazar.)

3 — Portrait d'un homme âgé.

Il est vu de trois quarts ; son costume est noir ; il porte une toque ornée d'une plume blanche ; les traits de ce personnage, bien que ridés, annonce une santé robuste et une grande fermeté de caractère.

3 bis — Portrait d'une femme âgée.

Vue de trois quarts ; sa tête est couverte d'un voile qui lui sert de capuchon. Une guipure, à larges dessins, se détache sur ses épaules ; ses traits sont empreints de distinction et de bonhomie.

Rien n'égale la finesse de ces deux productions, dont la conservation est parfaite.

HELST (Van der).

4 — Portrait d'un magistrat hollandais.

PEETERS (Bonaventure).

5 — Naufrage.

REGMORTER.

6 — Paysage avec route, sur laquelle sont des moutons conduits par un villageois.

ROOS (Henri de Francknort).

7 — Deux paysages, avec figures et animaux.

RUBENS (école de).

8 — Esther aux pieds d'Assuérus.

RUYSDAEL (Jacques) (genre de).

9 — Coup de soleil éclairant une route; paysage
boisé.

SCHOVAERT.

10 — Port de mer. Composition capitale animée par
un grand nombre de figures.

11 — Villageois célébrant la kermesse. Pendant du
précédent.

VOLLERD (signé).

12 — Deux vues des bords du Rhin; paysages très-
finement exécutés.

École Française

BOUCHER (François).

13 — Deux Nymphes, l'une tient une flûte, l'autre
un bouquet de fleurs.

COYPEL.

14 — Jeune femme tenant une lettre. (Cette œuvre
gracieuse a été longtemps attribuée à Wat-
teau.)

DEMACHI.

15 — Campagnes italiennes, avec ruines antiques.
Paysages animés de figures. Deux pendants.

GREUZE (école de).

16 — Tête d'expression; très-riche encadrement,
sculpté

HUET.

17 — Scène villageoise. Esquisse remarquable.

PATEL (Pierre le Fils, 1700 (signé).

18 — Les quatre éléments.

Ces belles compositions prouvent que
Patel fut, non-seulement un paysagiste
distingué, mais aussi un peintre d'histoire
très-remarquable.

19 — Paysage historique traité dans la manière
de Claude Lorrain.

ROBERT (HUBERT).

20 — Paysage avec marche d'animaux.

WEENIX (JEAN-BAPTISTE.)

21 — Chasseur ayant son fusil sur l'épaule, et auquel est appendu un oiseau de proie.

École Italienne

MARATTI (CARLO).

22 — L'Adoration des Mages.

PANNINI.

23 — Allégories religieuses. Batailles des premiers chrétiens protégées par la Vierge qui, entourée de chérubins, apparaît dans les airs. Deux pendants.

RICCI.

24 — Moïse frappant le rocher. Composition magistrale.

25 — L'Adoration du veau d'or. Pendant du précédent.

CARLOVARIS (LUC), Signé.

25 bis — Port de mer italien. Belle composition.

VICENTINO.

26 — Fleurs et fruits.

École Moderne

GABÉ.

27 — Entrée de port.

28 — Navires sur rade.

NOEL (Jules).

29 — Marée basse.

TESSON.

30 — Une rue à Alger.

École Anglaise

GUINSBOROUGH.

31 — Vue de l'île de Wight. Soleil couchant.

Objets d'art et de curiosité

32 — Statue en marbre blanc, d'après l'antique. Amazône tenant un arc.

33 — Un Christ en ivoire, dans un encadrement; style rocaille.

34 — Une très-belle et grande glace de Venise, entourée d'un cadre doré, d'une sculpture très-riche.

35 — Une autre plus petite, même genre d'encadrement.

36 — Deux petits cadres italiens en bois sculpté et doré.

37 — Un petit coffret en laque du Japon, à trois compartiments.

38 — Un guéridon en porcelaine du Japon, monture en bronze.

39 — Quatre torchères italiennes en bois sculpté et doré. (Enfants supportant les socles). Les quatre Saisons.

40 — Une autre formant pièce de milieu. (Deux enfants entourés de fleurs.)

41 — Un prie-Dieu. Même genre que les précédentes. (Enfant soutenant un coussin.)

42 — Porcelaine de Saxe. Le Présent, groupe de
      six figures.

43 —   Id.   Id.   Le Bouquet, groupe de
      trois figures.

44 —   Id.   Id.   L'Amérique, groupe. Une
      figure

45 — Deux grands bols en porcelaine de Chine,
      avec décor de papillons et de fleurs.

46 — Deux vases en porcelaine du Japon, montés
      en candélabres, avec lis, en bronze doré.

47 — Deux autres montés en lampes.

48 — Plusieurs pendules, et d'autres objets, seront
      vendus sur ce numéro.

RENOU ET MAULDE, imprimeurs de la Compagnie des Commissaires-Priseurs,
rue de Rivoli, 144.   1845

ORIGINAL EN COULEUR
Nº Z 43-120-8

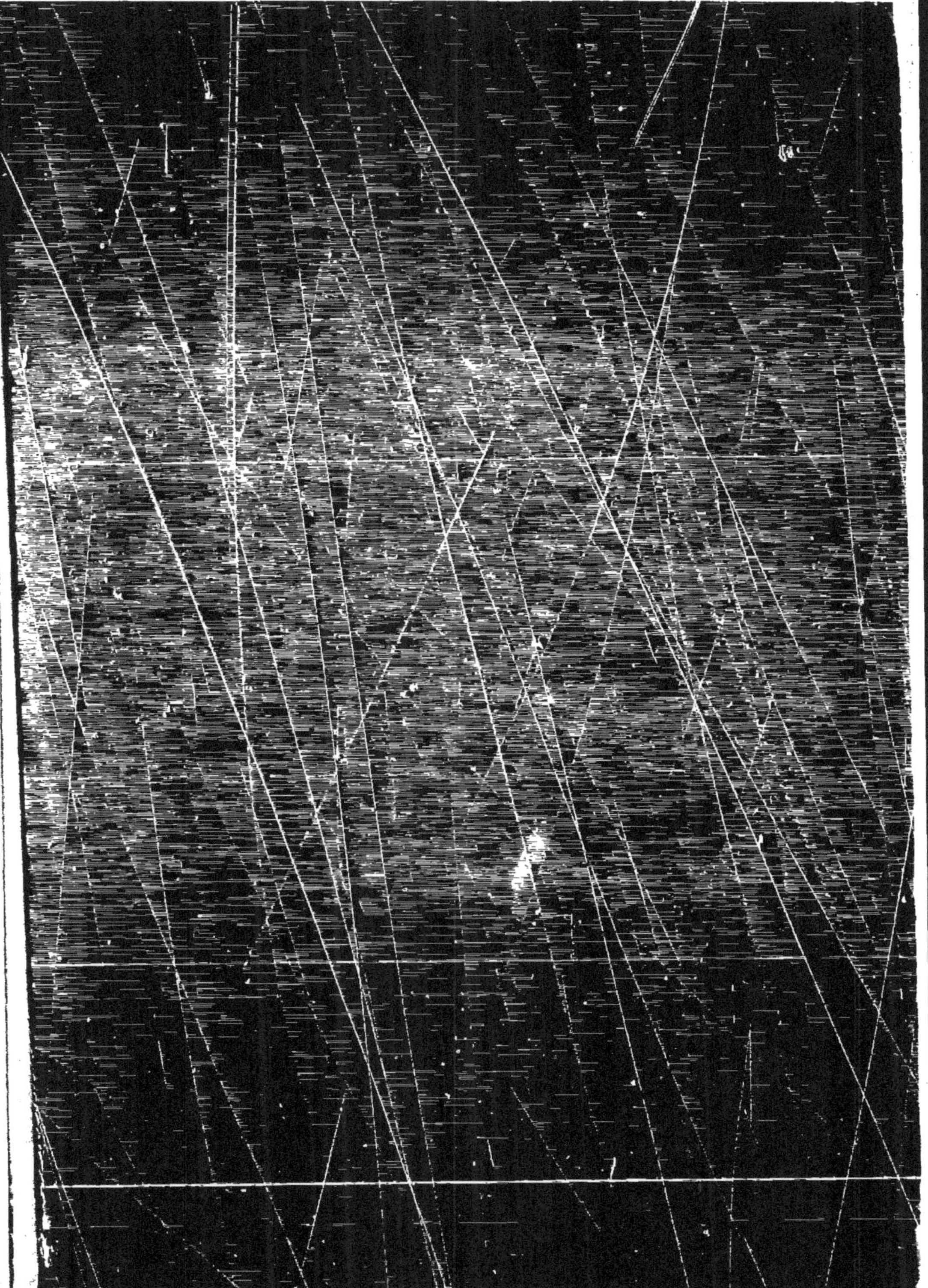